零時のラッパをぶっ放せ

増田秀哉

七月堂

目次

零時のラッパをぶっ放せ

牛の眠り

絞首刑に処された
罪人の舌のように
だらしなく垂れ下がる
褪せた桃色のバスタオルが
春の風にゆらゆら揺られ
時に身震いしたかと思えば
ひたと硬直する
その時、俺は
本当に息絶えてしまったんだなと思う

殺人的に

真っ青な空

遠くの飛行機の
ミニチュア

錆びた自転車のブレーキが
休日の陽だまりを切り裂き
白く膨れた女は
アパートの階段で足を踏み外す
ひねくれたジャズのように

空に浮かぶ病弱な月に
耳元でうそを囁かれ
口からは
灰がこぼれる

（死は死なない
　そして死は
　いつだって
　死なすぎた）

午後の渦巻く貝殻の中で
白い蛇を枕にして
俺は乳歯の根へと沈んでゆく

＊

ここに、ひとつの眠りがある
大きく開いた
口と目がある

何も夢みることなく

ただ幾筋もの
線をひく
昏睡の余白に
やかましく
線をひく

あるいは、
完全に　閉ざされて
白さの中で　目を眩まされて
きれいに研がれた
　　　　爪が光る
　裂かれた
イメージ

ほころびる
結び目

そして、ついには
やせ細った指で　　は　じ　く

「　パンッ　」　とした終末

銃痕から
砕けた五線譜が
宙へと踊り出し…

ここには
もう

だれもいない

何の未練もなく
吐き出された
「は」の息が
前方へと浮かんでいる
やけに白い、ね　と笑う
　飛び回る羽虫
つぶれた羽虫
旗が　子供のように
はためく、

「今日は何の日?」
「忘れたわ。」

白い壁には
一本の朽ちた釘

もう忘れたわ。

犯罪小説のように
あくびをしながら
わたしは窓際にいる

お前は草臥れて
水を一杯飲む

「今日の夜空は薄情ですね」

聞いたことのない声が
電話越しにそう告げる

わたしはひとつの
白い耳となって
ひらひらと
飛んでいく

「あなたの耳は小さいね」

わたしにはもう耳がない
ただ大きく開いた
窓がある

わたしとは

その窓のこと

　ここには
　もう
　だれもいない

＊

背景。白。
語の裂開
ひかえめな打撃
ひろがりへの畏怖
　　そしてまたひろがる

あるいは反転

打ち捨てられた息の破片を
ひろっては、　すてる
　　　　　　　　　ちりぢりの生が
　　　ゆらめく

とてつもない遠さが
一気に、　吸い込まれて
石が転がり

眼が解ける

あたかも、傷のように

平たい額の上で
大きく吐き出された
屍衣

おなじ空の下で
おなじ明白さの中で

見知らぬ
ひと、
あるいは、
砂、

風、

壁には
よそよそしい影が
ちぎれて
残る、
傾いた歩行
身体、　　この平凡な
空気をつかむ　手の
白い、　痛さ
声は、

弄ばれて、　もつれて、

壁の中でつぶれている

吐息、　何の感情もなく
世界、　無音のそれ

何も変わらず

変わって
知らぬ間に

去っていく

猫の、　　　　　足
　　、時間
限りなく、
　沈黙もなく

ふかい青空
やかましい、　　凡庸さ
さらに
　　鳥は、　　なし

*

無、

何もない

眠気、

イカれた枕
イカれた布団

*

餓死。
沈黙。
すかすかだ。

音楽は聞こえてこない。
あの薄暗い角の向こう、
何かを待っている。
何かが待っている。

*

長い歩行のすえに
一杯のビールにありつく。
どうやら「そいつ」は体の奥底に隠れているらしい。
疲労と恍惚の隙間で、惨めな「そいつ」。
必死に脱獄しようとして失敗する「そいつ」。

コップの影で

巨きな鯨が腐乱した。
きっと俺のほうが飲み干されてしまうな。

＊

空っぽだ
大いに結構
ますます機能する
ちぐはぐな回転機械

＊

なんて俺は幸福なんだろう。
雨が降り、風が吹き荒れる夜中に

こうしてひとり静かに、部屋の片隅で
誰にも邪魔されずに忘れ去られ、
うずくまり、横たわって
道端に捨てられた手袋のように、ひるがえって
ひっそりとしていられるなんて。

*

ほら、ごらん
夜がこんなにも死んでいる
おーあ
月が遠く、遠く病んでいる
いあー
青い峠の向こうで
深く、深く開いては
顔がこんなにも割れている

あーう

*

すべてが退屈だ。飽き飽きだ。

*

午後0時。
俺は垂直に切り裂かれた
時刻に飛び込む。
真昼の裂傷した空。

午後0時。
白いシーツが風にはためく。
か細い手がベランダの欄干に

もたれかかっている。

午後0時。
包丁が切っ先を軸に回転している。
室外機の羽が回っている。
回っているのだ！
この貝殻の時刻に、
恐ろしいほどの速さで、
不気味に。

時。

そこには
大きな牛が横たわっている。
その牛は死の時刻を反芻している。

瞬間において
この場に、在ること。
この場で、鳴り響くこと。
この場へと、崩れ落ちること。

冷たい小指の骨たちが脱臼したまま
林立するビルの隙間にばら撒かれて、
不平をもらすことなく、寝そべって。
あくび。発狂。
正午の眩暈。
牛の腹の歯車。

*

そして夜の底への跳躍
()

語、己の
白い、歯
の堅い明晰に
破裂（ハ、レ、ツ、
と消滅
を与えて、

疲弊した、牛
の
最後に
搾り取られた
ミルクを
飲み干して

俺は
ただの、オレに譲る、

絹の咳を

イき、ようか
シ、
のうか、
どちらでも

存在
ただの、白い酪酊
の器
　ウー、ツー、ワー、
鈍いバネの光沢や
公衆電話の声のくぐもり

もしもし…
　もしもし…

俺は、
掘る、削る、破る
それが
み、だ、ら、
な不毛を
ひらくまで

荘子が見た夢の中で
ゴッホの耳が飛んでいる

誰だ、俺は。

これは問いだろうか

無意味な
独楽が
緩んだ線となって
お前を
運び　去る

オイ、
ダレ、ナン、ダッ、

なけなしの
朽ちたメダルを
井戸の底に落としたのは
感覚の細胞一つひとつには
それぞれの鈴がついており

人は崩落するたびに
その鈴を一つずつ鳴らし
ぶつぶつと泡を吹く

研がれた、
ナイフ
グロテスクな
灰の雨、を
ハク、
ソラ　の下で
オレは、
シラソファと降る

*

そして、静止するイメージ

すべてが過ぎ去ってしまったかのような
隠し事はなく
透明な鉱石となって
四肢がバラバラに
砕けて
視覚的に
聴覚的に
触覚的に
消え去っては
やってくる
泡沫のように

*

おれ　ら

おまえはどこなんだ。
おれはどこなんだ。

＊

単純な昼
白い闇
太陽が真上にある
遮るものはない
お前は大きくゆったりと
背伸びをする
鳩が飛び立つ
電信柱は曲がっている

＊

光景の気絶
ごぼごぼと
沸き立つ、断片
歯や、
毛穴や、
くるぶしや、
淵で踊る
骨たちのさざ波

＊

砂の音が耳のそばでやかましく、
ぶるぶる震える野良犬の骨が頭痛を引き起こす
星々は神経の末端において痙攣し、己を放射する
俺は、君らに与えるべきプレゼントをもっていない
ただひとつの壷だけが、ならず者に愛されて

惚けて、世界を包む
唯一の実在性はそこにある
右手を挙げる
無くなった俺の右手
未明の玩具

＊

黒紫色の気体が夜を包む
憂鬱は一本の枝となって
君の像を裂く

君は遠くで寝ている
かすかに寝息を立てている

＊

静寂が三日月に刈り取られ
猛スピードでヘッドライトが
通過する

俺は消える　風が吹く

*

まんまるの月が
ルンペンの歩みを捩じ曲げる
舗道の側溝に躓く言葉よ
すっかり病んでしまって
ぺっと吐く
真の星
黄色い痰のことだ

ほら、あの街灯の下で
細長い青年がひどく老けこんだ
積もりゆく緑の時刻をかき分けて
歪んだ秒針が
心のてっぺんを打った
目脂をこさえて
アスファルトの道をゆく
黒い皮膚の裏
ほーうほーうと
奇妙な小石が泣いた

臍の見る夢

口から石がこぼれ落ちる
白紙を前にして
僕はそっと立ち去る
白い眼差の腐敗である
彷徨う永遠の連絡船が
切断された航路を
再び見出すために
闇のなかの
棚引く吐息に導かれて
化膿した星から放たれた
粘液の道筋をゆく

顰め面を撫でてゆく
微風に紛れた
紫の虫の群れが
耳元で唸り
右に、左に
首を傾ける
間抜けな時刻を待つことなく
夜明けが
　卒倒し
開かれた手のひらの
マッチ箱に収まった
煮豆ほどの緑色の
臍の夢をひっそり貪る
犬がいる
途方もなく引き延ばされた
道路に落ちる

街灯のリフレーンが
脈打つ青い動脈の
金属的な響きと共鳴し
ああ、
けっして飲み干せない乾きが
こんなにも大きく発酵して
盲となって臍の隙間に
落ちてゆく

亡骸のゔぃおろん

幾たびも阿鼻で亡くしたところを縫合しようとするのだが失敗に次ぐ失敗により底は欠け落ちるばかりで滅びゆくご破算。荒々しく夜道に重い靴をさしこめど知恵の木菟は飛び立たない。「しかしおまえにゃ飢える権利があらぁ」と窪んだ時代の犬の声。街の影に潜む虫の息めハッタリめ。むしろ片脚をなくした枯淡な回転がノラリクラリと笑うばかり。「ほら、死だ。どうぞ。」と穴惑のあざとい誘いとな。なんだか累積する過剰な忘れ物のせいで頭陀袋には欠けた骨がいっぱいでズタズタのああ無常で。綺麗さっぱり腐るので蝿の食うとこなしだって。あっは仕方なく空気食らって腹破裂で黒い斑点虚空に散るのみでほんで?ほんで?ほんで?前を見て歩けないんだ死んだ子供。ひび割れた眼鏡でのぞく墓裏の膨張が野辺の風に曝された断腸花に耳朶垂らし広げて捕虫網に引っかかった凍える星を盗み聴きしては精液なしの擬態ごっこ。ギコギコ歯痒いを挽いてヨタヨタ解れ。からっきしだめなのですねこの唐揚げのカラフルな空振りを見よラスカルくん。「こいつはいかれてやがる」は病褥につきました。コッコッと骨を延べる時間にはこんなにたくさんの時雨はいらないのに。胸の蒼穹に開いた弓形の裂け目はクワバラクワバラ。

ヴェロシティ

飢え、そして作動。スロット。精子の星群が弾ける。ミニスカートの旋回。折れそうな膝骨。軟らかい膝関節を軸に角を、あの何の変哲もない燻った夜の灰色の角を鋭角に曲がる、細い歯のように半ば砕けたハイヒール。信号機の点滅。寂れた食道から肛門へ。雨と吐瀉物とで鈍く光ったアスファルトに、堕落した男は口腔の中で湿り発泡した涎と混じり合う痰を吐く。泥のついた白いスニーカー。鳥の糞まみれ。曲がった鉄のペン先と茶色く傷んだ紙を携えて。ドリフト。思考が砕けて降り積もる。頭が破れそうだ。トリルとドリルが髄を叩く。中華料理屋の油でべとつく床を滑り、くねくねと微睡む大腸的時間がある。夜の遅延。どす黒い。濡れて。どっぷり。タクシー無線の卑猥なメッセージを受信。ギーッとサイドブレーキを鳩尾にめり込ませる。赤い。真っ赤っ赤だ、女のスカートは。気息のガスメーターが一気に跳ね上がる。眼球上を這い回る都市のスライド写真がぼろぼろと焼け落ちる。チック、タック。喉を燃やす嘔吐。それらを文字の股の間に滑り込ませて。高架下の若いカップルたちの、あの腰のまわりに纏わりつく肉の粘着、ふやけた腐れ肉。トイレに駆け込むと、白い器と鉄のパイプ。空虚を貫いて流れる汚物。舌の破裂。パップ。ファック。コック。プリック。汚いものはどうやら回って落ちるらしい。例えば淫売屋のゲップとか、雌豚のヒップとか。ハップ、ファップ、シュルップ。サックスっちゅう楽器はケツに差し込むもんなんや。ああ美しい観念よ。光の波のシビレと肛門性欲的レシピ。若い歯茎が好きなんだ。だから言葉にへばりつく、精神のうっとりするような物語には吐き気を催すばかりだ。レシ/ピ。全体のことは忘れろ。へぼ女優の厚い唇。夢は臍で見るもの。ミルクが沸騰する音。橋はアーチを描いてびしょ濡れの銀の穴へと落ちていった。禁断の液体シティ。A/Iは路傍に佇む娼婦の視線によって斜めに分断される。そして斜めの湧出。くたばれということだ。胸をムカつかせるチープな清潔さを装った無臭の死骸カフェ。甘く無害なメロディーを痴呆患者の涎のように垂れ流すスピーカー。ヘッドホンで耳を塞ぐと、憂鬱なジム・モリソン。RUN WITH ME… ぐるぐる! ぐるぐる! ぐるらぐるら! 壊れたタイプライターが欲しい。文字をぶっ叩く歪んだリズムが欲しい。パチンコ。球体の螺旋洪水。パール、オパール、パルレ、パラドックス。げぼげぼと発狂するスパンコール。僕はどこの馬の骨だ。テイクミートゥーザ…トゥーザ……リ、リ、リヴ、リヴァー…。ラヴェルのラヴァーのヴォレロ。自動織機でゴム状の欲望を紡ぐ。歯ぎしりが彼女の滑らかな白い肌を切り裂く。フランク・ザッパの口髭に引っかかったビーフシチュー。思わずどうでもいい歌謡曲を口ずさむ。今まで信じてきたものは鼠どもの残飯ってわけだ。僕は過去から安っぽい教訓だけを手に入れたのか、血の滴る耳の代わりに。サックスっちゅうのはマゾヒスティックな蛇なんや。僕を逆さまに吊ってください。口から腸の捩じれる音色が出てくるまで、キツく締めつけてください。ブッハ。ブーハップ。ブハグルップ。飢え。オエッ。回転扉に巻き込まれた舌のコーデュロイ。黒い高原に佇む女。地下の太陽に向かって破裂。垂直的に捩れる身体。ギトギトの充血薔薇。ア／フロー／デルタ。そして螺旋形の叫び。蛇腹のアコーディオン化した僕の喘息。夜の裏側は錆びた肺の洞の中にある。その黒い空洞に手を突っ込む。すると、しわくちゃの臭い星が出てくる。汗とクイズまみれの苦い星。オドラデグ。おどけろおどけろ。僕は埃っぽい破門を宣告されました。重力の無いところで落ちるのと昇るのとどう区別するんだ。生をリヴォルヴさせろ！　クェーッ、クェーッ。逆回転するリフと反復するグルーヴ。ヴェル、ヴェル、ヴェルヴェット。ヴァーグナーのヴァギナがヴァクレッツした！　ヴァカめっ！　ロックの神様は民衆のエネルギーを吸い上げ、その後産まれてきた息子たちはチンコの皮のようにふやけてしまった。鉄の音響。骨の変形。グビ、グビ。モノクロームの澱んだ川の写真。グビリ、グビリ。白と黒の細胞分裂。地下の爆竹。鼻孔が裂ける。神経の洟垂れ。僕はバロックよりもバルログという言葉のほうが好きだ。ストリートファイターの長い爪で引っ掻きまくるキャラだ。バルログバルログ。ほら胃の奥で金属の焼ける味がしたろ。古代ギリシャのグリースまみれの白く卑猥な彫像たちを引っ掻き回せ。緑の光線が頭の中を掻きむしる。ビリー・ホリデイが赤いカーテンの奥からやってくる。唇の上で震える光。大きな顎が僕の頭を飲み込む。何も見えない。見なくていい。なぜなら耳の毛がお前を導くから。真緑の映画の底へと。そうかこれは映画だ。猥褻な神経系を巡り、ハンマーでその神経の鍵盤を殴りつける映画だ。スクリーンがゲップすることなんてあるのか。お前は暗い箱の中にいて波打つ海の腹を、豚のケツのような、喘ぎ、痙攣し、誘惑するぶよぶよの内部を見つめている。見るな、逆巻け。パンで柔らかい舌の上を滑っていくカットと同時に真っ赤な座席の毛が揺れる。突然、睾丸はショットガンを食らい、君の腐った眼差しのクロースアップの中で硬直する。その時だ、僕が君に堅く勃起した荒れ狂う虚ろをプレゼントするのは。

惑星軌道逸脱

透明で豊麗な書割の哲学を
　ティッシュにしてちんと鼻かむと
　　地獄が待っている、鼻血が出る
　　　ドクドクドクと
遅い列車のように鈍く虚空を弾き飛ばし
　　女のネイルの艶やかでひょろ長い
　赤いネオンの信号に身をまかせて
狂った梯子を逆さまに登り切ろうとするか
駅のホームへと向かう
　　手すりを喰らって金属質の
吐き気を見知らぬ女の首筋に捧げてみても

臭い青の液体が夜を灼き
　感覚の受話器では何も聞こえない
熱々のたこ焼きをぶら下がった
孤独なきんたまの双生児に投げつけてみれば
　ほら、これが下品なピンボールだ
くるくると不純な円弧を描く
安酒に酔いつぶれた惑星の軌道に乗って
　邪な悪態が目的なく彷徨い
パチンコ屋の電飾の形而上学的な
俗悪さに身をしゃぶらせて痩せ細った
　バナナ色のアジア人の抽象的倦怠を
貪り食おうとする猫背な天使くんの
　不始末な至高の迂回がハナヒラク
女たちよ！　ひしゃげた世界の背骨を奪還せよ
　きざなやくざの横顔に似た
詩集を俺は胃のポケットにしまいこんで

もっと残酷に消化してやろう
どうせ鬼婆のたるんだ皮膚のような
居酒屋の暖簾をくぐっても
理論的な刺身の盛り合わせなんて肴にならないから
巨人が横浜とどんちゃんやったって
くだらない頬杖が
黄ばんだ壁紙の幾何学と汚穢の反復に
大胆な斜線をもたらすだけだから
だってね、春宵の貧乏は黒い粉となって
舞うもんですから、貴様
豚野郎、お前とともに
俺は旋転を選ぶぞお！
舌の縺れが並行的に
俺とお前とを結ぶ線路の縺れとなり、電車よ！
揺れれや、事故事故事故ぉぉぉー
千鳥足のツイードジャケットの

灰色のギザギザのモランディの空き瓶の
溶解する輪郭の指先の腐った淫らさの
　クラい白日の狂気の汗かく発泡酒となって
レールよ　切り裂いてゆけ
　上手く剪定された詩は滅びろ
草臥れた街路樹は手術台に載せられた
病人の舌のように黒い医者の虚像に向かって
　キリリと尖ってはふやけて
ガードレールの白い冷却がそれを支える
もつ焼きの茶色く濁った売春婦の乳首などは
　実に痙攣的じゃないか、ぱちんこぱちんこ
ウネル　トランジスタ・ラジオ
タクシーの運ちゃんから運ちゃんへと
　伝播する違法の電磁波が急ブレーキによる
タイヤの摩擦の焦げた匂いと混線し
けばけばしい看板にぶち当たり

光、光、光を誑かす雌蛇の幻影は
影と姦通する夜の散歩者の
　股下の三角形の中でいつまでも
踊りつづける　通過しますよ
ピスタチオみたいな小粒の心臓が
痩せた生活の脇腹のピアノを繊細に打ち鳴らす
時をハクハクハクと刻んでゆけ
　音楽がナル！　音楽はキライダ！
淡々とした水の味気ないエレキギターが
　　そのシャバシャバの不埒な鼓動で
　萎みきった亀頭を再度、刻々と
膨らし続ける一方で、よし　俺は
　寝転んで泳いで　さっさと
沢庵色の夜明けを執拗に
　バリボリと噛み砕くか

果て？

砂漠に放置された
ラジオのような言葉が
締まりのない
ジオラマの風景を作り出す

ちぎれた雲
裂地の大地
縮れた陰毛の
腑抜けた街
ジョークはなく
漏斗のように

下衆な下降
ぶち切れて
発火

あ、風だ

思想の果てで
カエルが鳴く
幕は閉じられた
やあ、こんにちは

バルテュス

女のいない
がらんとした庭で
ごぷらごぷら
赤茶けて
肌けた
鉄の下水管の
眠る音が聞こえてくる

無くなっちまった、が
降り積もって
ごっぽり

逆再生の
波の匂いが
白い女体の
複製を　あの
黒い地平線の
影の裏に
隠した

新月が歪に
落ち窪み
猫の息が徐々に
朽ちていくような気がした
ぶいぶいと胃が濡れ
革の鞄には
土砂崩れが
収まっている

行方不明の鍋底が
遠くの方で叫んだ

ひっきりなし

もう、ほら
めちゃくちゃだ
息の板の間に
優れた
分解
ひっひっひっ
外せない蝶番はないのだよ
火は喉笛で放たれる
扉の隙間が
メラメラともえます

エメラルドのプールが
眼底に広がり
エフェメラルな
ヒラメさんが
ぱくぱくと
不平をもらす
へーい
薄紅色の邦楽よ
へんちくりんに折れちまえ

千葉は雨

7が死に
8が死に
そして俺は
9月を30に割って
1つずつ殺す

血飛沫を浴びたカレンダーの
枡目的自我をボウルの中で洗い
焼肉のタレで炒める
馬鹿タレの性だ

俺はうまい
苦味が絶妙なアクセントで
甘い叙情的ソースをつければ
なおさらうまい

しかし俺の日々の生活の臭みが
なかったらの話だが
俺の料理番は
尻尾を巻いて逃げるだろうよ
くさい！　くさい！
なんちゅうくささだ！

とにかく残暑
警察官のように
暗くうつむき加減に都市を練り歩き
アパートのドアの隙間からじろじろと

不甲斐ない青年をのぞき回る残暑だ

粘っこい暑さが
始末の悪い奇声をあげ
このくだらない
張りぼての都市の遺物の中で
俺はくたばり損ねた

俺は颯爽と近所のスーパーで白菜を買って
それをどでかい包丁でバッサリと真っ二つに
ぶった切るべきだったんだ

磨りガラスに濾過された
くぐもる黄色い光が
蛇口を撫でる午後
俺の意識は

シンクの中で、とぐろを巻いて
眠りこけている

この時代において
うまく生きることは犯罪である

第一原因は
らっきょうのような
陽気さと酸味で笑っている

千葉には雨が降るだろう
東京の脇で虚しく溶け散るだろう

屋外の瘋癲

木の葉の
裏という裏を
焼いてまわった
羊皮紙の空は皺くちゃで
俺の若年は煤まみれ

道は途方もなくのび
始まりが始まり
終わりがまた始まり
終わりが終わることなどない
お前はいつでも急かされて

風に迂回しろと助言され
またせかせかと後退し
急な旋回　ぴこぴこ跳ねる
まるでおどけた無声映画

俺の踵の下で
50mm f1.8 の
レンズが砕けたっけ
耳の爛れた渦のなか
音楽は慰安ではなかった
橋の曲線の下には
都市の瘡蓋が降り積もり
寄り添うカップルの指先には
鶏頭色の罪が付着する

背の高い女よ
あの半月に頭をぶつけてしまいなよ
あなたの冷たい青の透明が嫌いです
異物混入します

いつの間にか
俺の生々しいポールが
直角にへし折れて
剥き出しの骨格が
くしゃみしたりして
激しい静けさめ
無間へと転げ落ちる
皮一枚のところで
言葉が
ハムのように
ぶら下がった

けっ　俺は小さな哀れで
大きな数珠を作って
それを固く握りしめ
逆さまでお経を唱えてやるよ

絶え絶えに
編み上げられた
襤褸の街の
無限数の捩れた繊維を
手繰り寄せて
死んでも死にきれない
郊外の色情が
とち狂う
風は吹き荒れる
あとは洟を噛み

黒い鼻水
黒い弾丸
ティッシュは丸めて
ポケットに入れるだけ

冷たい賭博

青白んだ都会の電光は
狭いアパートの一室で
石となって悴み
しゅるっと回転して
病となる

安っぽい硝子細工や
バケモノ女の化粧箱が
師走を散らかすのを
俺は口を開けて見守るだけだ
吐息の繻子すら織られず

無駄に顎を震わせて
「あ」の虚空が丸く圧縮し
冬は無言に限るなどと
ほざきなさる

無言！　無言！　無言！
あ、あ、あ、

足先から震えて
氷山へと埋没

縮み上がった透明なる挫折から
白い呪詛を吐き
惨たらしくジュゴンを切開する俺は
除夜の鐘とともに
受胎告知される非処女であり

寝取られ男の未曾有の憎悪を
かき集める廃品回収業者で
首ちょんぎられたジギタリスの
落書きとしての爆雷が潔癖な都市の裏側で
大量に孵化するのを止められはしない

苦くていがらっぽい声の溝を掘り
意地悪く真面目腐った性の軸を断とう
ああ、俺よ　くじけるなよ！
じょきじょきと雷管に込められた
感嘆符などたかが知れている

ガラムのぱちぱち爆ぜる音が
神経の暗がりで谺し
もう酸っぱくて辛い！
人生はカライ！

くじ引きのごとくわけのわからん虚数を吐き出し
たらい回しにされた文字たちにグアノを混成
今日から俺はもぐもぐと口の中で
愚直なモルグを鍛造しよう
さあ、アグレッシブにくたばるがいいさ
びしょ濡れの墓場だ！
冷たい膀胱炎よ！

双六遊びに興じる神をよそに排尿
骰子を胃液に漬けて
じりりりりりと囀るがまし

キケヨコノ髭剃リノ擦過音

砂ずりのぐずついた咀嚼とともに

語のもごもごとした逆流する
龍状の渦巻きを図々しく蒸留する

虫唾を二乗

じれったい情事に払う勘定はない

絶対的なジョークは
皮肉の解除
苦肉の策で地雷屋となる
微笑は酷だ
胡椒を挽き
へっくしょいで地中を突く
泣きじゃくって歯を磨け！

失われた音を根こそぎにし

爪で引っ掻き回し
磁気を帯びた雑の韻律は
零度の大気に
凛々しく屹立せよ
年の始めは
爽やかに立ちションせよ

斜線

たとえば、この街の
崩壊の糖度を
舐めてみる

　身じろぐことなく
　全き不安の只中で

そこでは
満たされない欲望が
空虚となって
　爆発、

などしない

平らな
この
空き箱のような
豚小屋の
臭い厚みを避けるように
0時と0時の狭間で
　鼻白む

同じところであるところの欠落
同じところであるはずの疾走
同じところであろうとする骨折
俺の、唯一の
穴のあいた靴

白い壁に白い壁
が度重なる
それは忙しない平たさで
分厚いゼラチン状の
眼の帯
一様に延べられた
うどん粉の
だらりとした
横臥に押し潰されて

さて
どうやって
取り返しのつかない
不意打ちを食らわそう
か

偶々の
消失としての
月曜日

所々の
決壊としての
2月

つまりは
素っ気なさを
くしゃくしゃに
そして大事に
飲み下して、東京よ
お前はさっさと過ぎ去れ

ここに我あり
ここに君あり

相当に
ああ、くたばったよ
ひどく遅延して阿呆になったよ
退屈な転落を
白日に待ちぼうけて

泥濘んだ無数の点たちが行進する
微睡んだゼリーの交差点を
斜めに貫く魂よ
絶望した斜線よ

俺たちは
ボキボキ折れるよ、な

こうして日々の疲労の
暗く煤けた泥の部屋に蹲って
愚かなモグラの王は
瞬間ごとの台無しを歓待する

陥没した永遠

子音と子音の間の
うそくさい
母豚の、五つの
乳房のような
ふやけた
脂肪クッション

歯の隙間に挟まる
鶏ささみの
無気力な滓をぶら下げて
仲良く股を開き合う

幾多の卑劣漢どもに
しゃぶられて黒ずんだ
乳首たちが
はったりをかます
淫乱な湿原

まさに　この
茫然たる平地の上で
猥褻な坊主面の
言葉専門業者どもが
ぺちゃくちゃの
団欒をやりやがった

付着し、
固着し、
癒着し、

下衆野郎

俺は知っていたのだ

肛門をぐるり巡る
毛たちは、
縮れ、密談し、群れる
あばずれたちは
糞の匂いに釣られ、穴を囲み
ふざけた祭典を催す

お前は誘惑され譲り渡したのだ
睾丸を、
摩擦の焦げ臭い
雄叫びをあげる

真っ黒に燃えた
穴ぼこの
悪党の顰め面のように
襞のついた
丸い玄武岩を、
うぶな苦さを、
密集した毛の天鵞絨を
舌先でちろちろやるような連中に

締め殺されたのは無能な
俺やお前
堕落した退屈さに愚鈍化した
俺やお前

背後から毛深い舌で
何度も犯されて

五台のバキュームカーが
若い魂の血を抜き
乾涸びさせる

お前は
奥歯の
蝕まれ
抉りとられた
黒い穴の
孤独な欠損の
発火に
耐えることができるか

だから大抵の怒れる虫けらは黒いのか

たらふく食らう鼠どもは、

詩人、美術家、映画作家、小説家、
批評家、広告屋、葬儀屋どもは
棺の、乾いた風の吹く
饐えた伽藍堂を、
ブラックホールの
自閉的逆円錐を、
食欲をそそる柔らかい
極上の膜で塞ぐだろう

瞳孔
肛門
排水口
井戸
便所
洞穴
咽喉

鼻孔
マンホール
墓穴
下顎
腫瘍

お前が軽くなるのは
重さの中でだ
お前が軽くなるのは
重い根をちょん切るときだ

その陥没を
内側の、外にめくり上げ
彼は触れる

潰瘍の草原

変形性関節症

欠けているところならば
ますます
ストリップする

よし、
深く掘る

だから
放ち
だから
抉り取り
だから
出る

そして、おそらくは
鴉のカァーが鳴り響く
肺臓が絞り出す
でっぷりとした
黒い暗号が
空をぶちのめす

無のハルモニア

その天の納骨堂では
月でさえ
嗄れた、光ない、黴びた
洟垂れであり
ただそうする他になく
無でさえもはやどうでもいい

つまり、
クソッタレ
ということ
もう忘れろ
蝸牛の辿った天上の道のことは

　　オマエハサッサト逆流シロ

静かに、ほら
みてみな
クソッタレ

言いえないことへの爆発的な不満を
堅く痙攣する癌で、シューシュー、と
素早く、ぎこちなく、

その鈍くそそり勃つ
不器用なガンで暴れさせろ
薄笑いを浮かべる太陽を、
ゆっくりだ、ゆっくりと
臼歯で磨り潰すように
引き金を引き、歪んだ撃鉄で
えげつない弾のケツを
蹴り上げろ

こうして
敗北し、撲殺され
完全に打ちのめされてなお
絶対的敗北が
お前を食い散らかす
灰色の光の
凝結と

裂開と
飛翔を
与えてくれさえすれば
お前はぐるぐると
中心の虚空で
下手な螺旋巻きを
描き、逃亡し、
まるごとひっぺがし、

永遠なんて
ぽしゃるがいい

文盲

やせこけた大地
　というものすら消耗して、
紙に奉仕する
てのひら
　　　　の奥で
ほとぼりはじける
「生」がある
紙ではなく
しわ、

しろい　わけではない
こげ落ちた
　外
もない

無　でもなく

けずれた　　土地の
　褶曲

　ゆ、れる
ではなく
　ま、がる

というのも
更地などない

きしむ
陥没の

　ゆ、れる
ではなく
　ま、がる

その　ひっくりかえった
　腸のうら、

ではなく
　像はない

それから
それから？

飢えが
ふるえ
ただ
待機と、大気と、
ではなく
凝固と感覚
ではない
無感、無冠、無寒、

むかむかさせる
においのない
はらっぱ

　ぐるり
ぐらり

破裂、
下劣、
歯列、
における
放射、反射では
　なく
反った
ひざの
まがったほねの
皿のような
激昂は
思考されない

さ、れ、え、な、い、
ので

うねる
はねる
のそり
ぬうらぬうら
やってこないが
やってくる
失調

そして、
そして
じゅうぶんに
にえた
たった、ひとつの
腹の
うな、ばら、の

う、ば、の
ばば、の
流産の、多産を、
くたびれて
くびれた
くたばれの
ほねの
不、満足の
ぐわんと
おれた
しんくうの
みつどは
すっ、かり
かたむきが
ある
ある

たくさん
かたかた
欠けたところが
ある、ある、
わんきょくが
ひらく
ひらっく
らっく、の
あいたところを
らっく、らっくの
おおきな尻の
ありーな
あぬ、あぬ、を
ぬきとって
やった

うなる陰の
とんでもねえ
開口部の
後退－溝帯
があった

すっ、すっ、と
すかされた
にくのおとが
こすれ
すられ
かわき
すみきらず
きれいに
とおる
いきの爆ぜが

とぜつを
つむぐ

なまぐさい
ちぶさ
ぶっさし
ぎっち、ぎっち、
そこに
みたされないが
あった

どっと、どっと、
はんなまの
うんどうで
いっ
ぱいの

あなの
きたない注射針で、
あなだらけで、
患者たちは
でいだらけで、

びっく、びっく、
ひく、ひく、

　黒炭
　睾丸
　坑道

くぐもりの鬱蒼で
そうぞうしいへこみの
ぶじょくをたえぬく

外形はR

おれは、
R形に
折れて
贈られた
山ほどの
アーチ状の
背骨の花束の
こきゅうの
コックを
すいとられた
ラッパだった。

おそれて、それて
すっかり
にげだし
まがり、ひんまがり
まわり、めざわりな
その、それらの
のっそのっそと
おおくの
奥の、奥の、
苦悩の
nをめぐる
ぐらぐら
にえたところを
へめぐる
めばえて

むれた
むれの
むらけの
めくれた
むくはなく
むこうはなく
なにもない
こちらでは
なだれこみ
もんどりうつ
くたくたの
くもの
もくもくの
どろどろの
くそったれの
くだした

まっくろな
ぐろい
どろの
懐胎があり、
解体があり、
合体はなく、
ぶんかいは
ふかいで
ふっくのかかった
ふところの
ふきつを
のみこむ
ちかの
のどの
そこの、そこへと
ちょりつする

かその
けんちくの
かそけき
くうかんは
すかすかに
すかされて
ちくちくの
ちっく、たっくの
じかんの
きもうの
ささいな
ささくれだった
がらすざいくの
さざなみが
びっしりで
びくびくと

バカみたいに
バグな
おれは、
R形に
折れて
爆発。

しおれて
しょっぴかれて
じりじり
ねじられて
すっかり
すっく、すっくと
おろかな、おれよ
おろかな、おれは
バカだから

ばっくれた
がまぐちの
あおぞらに
ドラがなり
おれのわきばらから
断続性ラ音
バラックが
ひらいて
クラック。

明くる日

明くる日の
開けた扉に
砂袋の
待望があり
絶望がある
それでも
膝を抱えて
くるくる回りながら
ピクルスの
黄昏となって
疲弊する夕暮れは

壁に埋め込まれて
なお、そのざらざらとした
触感が
棺に遺棄された
グレた死者たちの
ザラメの魂を
召喚させるなら
発汗した憔悴にも
意味があるというわけだ
悪寒の走る愚かさが
再びこの大地の上で
荒廃し、濾過される
刻において
お前は真っ青な矢となって
虚空で静止
緊張した跳躍は

慟哭となって
足元から崩れ落ち
行き詰まって
木っ端微塵
それでもお前は
ぐびぐびと
鼻腔の苦汁を
啜る阿呆な鳥となって
クゥークゥー鳴くだろう
むしろその声帯の震えとなって
予告するのだ
明くる日の
くるくる回る
日々が遠のきにおいて
脱線し
脱肛した夜空に

星の蛇行
俺は大工となって
堕落を彫琢する
幼児たちよ、幼児たちよ、幼児たちよ
ヨードチンキに漬けられた
べらぼうな鈍臭さが
どくどくと血を流す
くどく、けばい
木偶の坊となって
溺死しつつ
ぐだぐだで
ディグる
ギトギトの
フェルディドゥルケの
でっち上げだらけの
くだを巻く怒号を

毒しつつ
泥棒せよ
奴隷ども
ぺちゃくちゃはなし
涙ちょちょぎれもなし
パンツ盗られ
素っ裸となって
スッポ抜かれた
スポンジとか
ぴちゃぴちゃ跳ねる
ポップカルチャーが
ホップで発泡し
切羽詰まって
もぬけの殻
ハッピーな葉っぱでも
吸っとけよ

かっぱ野郎

半壊の交接

反、の彷徨は
やがて
　くたばって
　　　吐く
k. k. k.
わからない！

俺はまるく、ひとつになって
あいしあった。
シ。atta.

しんちょうに　shut.
うつろな
　おわん（湾の
底で

そこは
うつの
る、つ、ぼ、（きゅうくつな靴のくっきょく）

それでもうまい肉は垂れてくる
ふへい
、、、タラタラで
俺はそれに耐えることができない

ひきずりまわされた
トレモロ Ⅲ lame,
tame, too late...

苦渋の絨毯
ジュール・ヴェルヌの無人島
　　くずのにわ、だった

ほねのくずばこ（quiz
欠片（cracker...
lack（ワカラナイ　の
　　奈落、だった

蜘蛛の巣は
無のむこうがわで

浮腫んでいる
　　　　music. sick.
ブサイクな
　　　、不足だ
具足はなく
こそくな
ぬすっとの
消息などしらない
　　　　したことか!
ズクズクと
食道がくさるように

らいらっくのハナがさく
　くらいムラサキ
　　痰の落雷

そうではない！
ろくでもない
苦杯をなめ　（そういくふうはない
　はいとくにマミれて、

（なんて不快なんだ）
　ほうかい（fork）し、

それでも皮フはかいふくする

（胃袋の衣服 no 腐海

瞬間は
舌打ちの音

tut! tut!
の穿孔工事

ぼろ布の
けいけん、けいれん、ボレロ、
舌はオンボロ、
テロテロのびいどろ

くたばりぞこない（底ない
骨おりぞんのクタビレもうけ

外気の裏地では
（ラジオはもうきこえない
　　　　ろじっくを分解
じふてりあの
偽膜をこそげとるとき
じじ臭いやつらを
成仏、
　　　　ぢ、ぢ、ぢ、
無（music）を通過し
うなる、それ

それだけのために
それだけをいうこと

je, je, je,

まるで豚の鼻面（gelée）

臀部を
で（泥）こんすとらくしょん

袋こうじの
くしゃみが
三味線をひっかく
shame, しゃっくり（クリック

空虚の

慰安はなく

空虚をぶん殴る
ひびき（鼾の
爆発

　　　ばっく、ぶりっく、ぶりゅれ

ついに
下層（くそ
おぞましい現実

それがあらわになるまで
そのひどい面を
おがむまで

面のない
しわくちゃの
裏の面

糞塗れ（mammy の
厚い層ではなく

じゅくした
ジレンマや
わめきちらかされた
くじょう

ああ、むじゅかしい！

そう、それは
むじゅかしい！

あまりにも
むじゅかしいので
おまえらはそそくさとにげさる

どうか人生が
むじゅかしくありませんように！

これは被造物への、
秘蔵物への、
火臓物への
ぶじょくにすぎない

俺はいつだってそれがはじゅかしいのだ

mu, je
mu, ji

mu, je, c

死はひとつではなく、
複数の疾苦であり、
服喪のない
　抱腹絶倒

心臓のフック状の絶句が
hocks（飛節たち）を排泄する

スクランブルエッグ

原点を通して
天空卵を掻き混ぜる

夜な夜なタクトを振って
竹篦返しを食らわす
(死に屁をこくことはできるか

シュミーズに沁み込む
小便臭い死者の詩集は
死語だらけで失墜

憔悴したイメイジ（嬰児）の
欠落と圧縮に幽閉され
（排水孔の縮毛のもずくの中で
　もがき苦しむ修行僧）

0と1の間を満たすことなく
ひたすら偶発的な事故と
ぐうの音も出ない
血まみれの孤児を生還する

ぽえじーを
ぽりぽりと
engrave
耳鼻咽喉科の
イルミナシオン

それは
シコウ〈歯垢〉の
ベタつく
クウキョ、の
口腔内べいくどちーずけいき

ほいっぷされた
ちーぷで甘ったるい
ちんぷんかんぷんな
空洞にpiss

しっぺ、でこぴん、ばばちょっぷ

喉の奥の逆流する
ゲップのような
空砲

しっぺ、でこぴん、ばばちょっぷ

そして、
ギャンブルの享楽
ブルドッグの垂涎
スクランブルエッグの乱交

不純であることは厚みをもつこと
積み重なった厚かましい情欲と率直な生の
悲劇的婚姻

ちがう！
そんなものではなく
無原理であることは
限界において釘打たれたぎっくり腰の中の

S状結腸を締めつける圧力と
ほとばしる屁

股間で囀る九官鳥がいる

お前らが透明なる不在に浣腸されている間に
俺は不純の精度を測量しよう

表層から
深層を
剥離させて

つまみ出す

深みで
「み」を食す

うみには
腐ったUが
ういている

月の下の0点で煙草をくゆらせた
俺は窓際で奇怪な煙の肉を発見した

産着をつけたその煙の肉は
無様に鳴き叫ぶ

ぶう　ぶう

本詩集はこの5年間に書いた詩を集約し、多少の前後はあるもののほぼ時系列順に掲載したものである。大学の文学サークルに所属したことも、同人誌に参加したこともない私にとって、処女詩集を作ることは勇気のいる賭けであった。実験による文体の変遷を経たが、表現の本質は初期から一貫していることに後で気づかされた。それでも様々な駄文が私を飾ったし、古臭かったり青臭かったりする詩の形式を大急ぎで、下手くそに、ぎこちなく横切った。私は、カフカが人間の二つの大罪として挙げている「焦燥」と「投げやり」によってしか詩を書けなかったし、むしろ詩人はそうあるべきだとさえ思う。

最近の詩では「俺」だの「僕」だのといった主語は忌避される傾向にあるが、私は詩人としての主体を表す「俺」という語を安易にかき消してはならないと思った。というのも紙上の「俺」なしのちんけな言葉の経済など問題にならないからだ。むしろ「俺」への鬱滞によって詩的言語とともに主体を破壊しつつ、再構成するためにそうしたのである。「俺」という惨めな主体から目を逸らさず、距離をとらずに、言語との不毛かつ危うい契約を結びなおすこと。言語にはある構造があったとしても、それは常に必然性を欠いた暫定的なものであり、いつでも暴力的な偶然性に曝されている。しかし偶然性の賭博の中でさえ、「俺」は破滅のギリギリ手前でリズムを掴まなければならない。こうして詩人は苦々しくも楽観的な悪魔の門下生になるのではないだろうか。

零時のラッパをぶっ放せ

二〇一七年四月三〇日　発行

著　者　増田　秀哉

発行者　知念　明子
発行所　七　月　堂
〒一五六―〇〇四三　東京都世田谷区松原二―二六―六
電話　〇三―三三二五―五七一七
FAX　〇三―三三二五―五七三一

印　刷　タイヨー美術印刷
製　本　井関製本

Printed in Japan
ISBN 978-4-87944-279-6　C0092